Collection MONSIEUR

Monsieur
SALE

Roger Hargreaves

hachette
JEUNESSE

Monsieur Sale était vraiment très sale.

Tu n'as sans doute jamais rencontré quelqu'un d'aussi sale.

Monsieur Sale salissait tout ce qu'il touchait.
Partout il laissait des traces de doigts.

Regarde!

Oh! oui, monsieur Sale portait bien son nom!

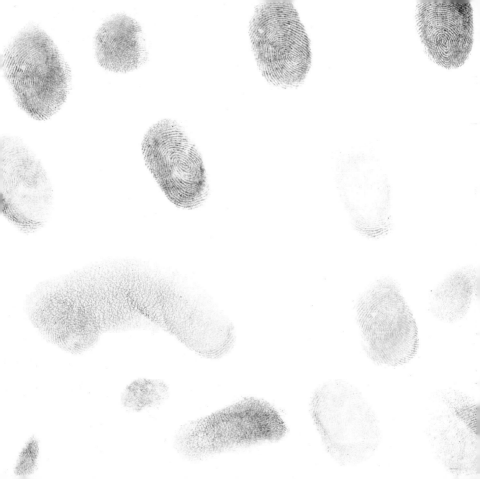

De plus, monsieur Sale n'était pas soigneux.
Et sa maison lui ressemblait.

La façade se lézardait.
Les vitres des fenêtres étaient brisées.
Il manquait des tuiles sur le toit.
Les massifs de fleurs étaient envahis de mauvaises herbes.
La porte du jardin était à moitié cassée.

Monsieur Sale pensait-il à tondre la pelouse ?
Bien sûr que non !

Ce matin-là, monsieur Sale se réveilla dans son lit sale.
Il bâilla, se gratta, se leva, ne se lava pas
et alla prendre son petit déjeuner.

Il renversa son bol de chocolat, ne nettoya pas la nappe
et partit se promener.

Il trébucha sur un balai
qui traînait dans l'allée depuis quinze jours.

Derrière le jardin sale de la maison sale
de monsieur Sale, il y avait un bois.
Un bois très, très grand, avec beaucoup,
beaucoup d'arbres.

Monsieur Sale mit longtemps à le traverser.
Mais cela lui était égal car il avait envie de marcher.

Il sortit enfin du bois.
Et sais-tu ce qu'il vit?

La maison la plus belle et la plus nette
qu'il eût jamais vue.

Elle était entourée d'un adorable jardin bien entretenu
où coulait un petit ruisseau.

Dans le jardin, un monsieur taillait la haie.
Il releva la tête lorsque monsieur Sale s'approcha.

– Bonjour! Je suis monsieur Sale, dit monsieur Sale.

– Ça se voit, répondit le monsieur en le toisant du regard.

Moi, je suis monsieur Net.

– Et moi, je suis monsieur Beau, ajouta un autre monsieur
qui venait de sortir de la maison.

– Net et Beau, dit monsieur Net.

– Beau et Net, dit monsieur Beau.

– Nous faisons quelques travaux pour les propriétaires
de cette maison, expliqua monsieur Net.

– Quel genre de travaux ? demanda monsieur Sale.

– Des travaux d'embellissement, répondit monsieur Beau.
Nous rendons tout beau et net.

– Net et beau, ajouta monsieur Net.

– Peut-être auriez-vous besoin de nos services ?
dit monsieur Beau en regardant monsieur Sale qui,
ce matin-là, semblait encore plus sale que d'habitude.

– Mais je n'ai pas du tout envie que tout soit net
et beau chez moi, répliqua monsieur Sale.
A cette seule idée son visage s'assombrit.

– Allons donc! dit monsieur Net.

– Sans blague! dit monsieur Beau.

– Mais... dit monsieur Sale.

– Venez, dit monsieur Beau.

– Partons, dit monsieur Net.

– Mais, mais... dit monsieur Sale.

– Il n'y a pas de mais, dit monsieur Beau.

Ils firent monter de force monsieur Sale
dans leur camionnette
et prirent le chemin de sa maison.

– Ça alors ! s'écria monsieur Beau
lorsqu'il vit la maison de monsieur Sale.

– Alors ça ! ajouta monsieur Net.

– Quelle horreur ! dirent-ils en chœur.

– Il faut agir, décida monsieur Beau.

Et avant que monsieur Sale ait pu ouvrir la bouche,
ils se mirent à courir çà et là autour de la maison.

Monsieur Net bêcha
        tondit
        tailla
        coupa
        élagua
        défricha
        et ratissa
Jamais jardin ne fut plus net.

Monsieur Beau lava
                brossa
                frotta
                peignit
                et répara.
Jamais façade de maison ne fut plus belle!

Puis ils entrèrent tous deux dans la maison.

– Ça alors! dit monsieur Beau
pour la seconde fois de la journée.

– Alors ça! ajouta monsieur Net
pour la seconde fois de la journée.

Et ils se mirent à nettoyer la maison de fond en comble.
Ils brossèrent, balayèrent, cirèrent et astiquèrent.

Jamais maison ne fut plus nette!
Jamais maison ne fut plus belle!

– C'est fini, dit monsieur Beau.

– Bel et bien fini, dit monsieur Net.

– Tout est beau et net, dit monsieur Beau.

– Tout est net et beau, dit monsieur Net.

Monsieur Sale, lui, ne dit rien.

Alors monsieur Net et monsieur Beau regardèrent monsieur Sale.

– Vous savez à quoi je pense ? dit l'un.

– Bien sûr, répondit l'autre.

– Nous pensons, dirent-ils ensemble à monsieur Sale, que vous êtes trop sale
pour habiter dans une maison aussi belle et nette.

– Mais... répliqua monsieur Sale.

Monsieur Sale eut beau protester,
monsieur Net et monsieur Beau l'emmenèrent en haut
jusqu'à la salle de bains.

Une heure plus tôt, c'était la pièce
la plus sale de la maison. Maintenant,
bien sûr, elle était propre comme un sou neuf.

Alors monsieur Net prit monsieur Sale par un bras,
monsieur Beau le prit par l'autre
et ils le jetèrent dans la baignoire.

Pauvre monsieur Sale!

Il détestait les bains!

Monsieur Net et monsieur Beau
        savonnèrent
        brossèrent
        nettoyèrent
        frottèrent
        et peignèrent monsieur Sale.

Monsieur Sale se regarda dans la glace.

Il ne se reconnut pas.

Oh! comme il avait changé!

Tu es d'accord, n'est-ce pas?

– Vous savez ce que je vais être obligé de faire
maintenant? dit monsieur Sale d'une voix mordante.

– Non, répondirent monsieur Beau et monsieur Net,
fort inquiets. Expliquez-vous.

– Je vais être obligé de changer de nom ! dit monsieur Sale.

Et il sourit.

Monsieur Net et monsieur Beau sourirent aussi.

Puis monsieur Sale éclata de rire.

Et monsieur Net et monsieur Beau éclatèrent de rire aussi.

Et ils devinrent les meilleurs amis du monde.

L'histoire est finie.

Alors, si tu es aussi sale que monsieur Sale,
attends-toi à recevoir la visite de deux messieurs.

Tu connais leur nom, n'est-ce pas?

LA COLLECTION
MADAME
c'est aussi
41 personnages

1 MME AUTORITAIRE
2 MME TÊTE-EN-L'AIR
3 MME RANGE-TOUT
4 MME CATASTROPHE
5 MME ACROBATE
6 MME MAGIE
7 MME PROPRETTE
8 MME INDÉCISE
9 MME PETITE
10 MME TOUT-VA-BIEN
11 MME TINTAMARRE
12 MME TIMIDE
13 MME BOUTE-EN-TRAIN
14 MME CANAILLE
15 MME BEAUTÉ
16 MME SAGE
17 MME DOUBLE
18 MME JE-SAIS-TOUT
19 MME CHANCE
20 MME PRUDENTE
21 MME BOULOT
22 MME GÉNIALE
23 MME OUI
24 MME POURQUOI
25 MME COQUETTE
26 MME CONTRAIRE
27 MME TÊTUE
28 MME EN RETARD
29 MME BAVARDE
30 MME FOLLETTE
31 MME BONHEUR
32 MME VEDETTE
33 MME VITE-FAIT
34 MME CASSE-PIED
35 MME DODUE
36 MME RISETTE
37 MME CHIPIE
38 MME FARCEUSE
39 MME MALCHANCE
40 MME TERREUR
41 MME PRINCESSE

Édité par Hachette Livre - 43, quai de Grenelle, 75905 Paris Cedex 15
ISBN :978-2-01-224841-0
Dépôt légal : janvier 1984
Loi n° 49- 956 du 16 juillet 1949, sur les publications destinées à la jeunesse.
Imprimé par IME (Baume-les-Dames), en France